좋은 책 만드는
도서출판 도훈

절개지

윤석산 시집

자서

시와 함께한 시간

어느덧 오래되었다.

그 시간들 들쳐본다.

시에게 많이 부끄럽다.

2018년 11월

尹 錫 山

차례

1부 넥타이

넥타이 · 11

희망적 · 12

정년 · 13

왜 시는 쓰냐? · 14

시 · 15

친구 생각 · 16

빌어먹을 그 놈의 시 · 17

데스 벨리 · 18

노안 · 19

어머니 생각 · 20

어느 날, 문득 · 21

망연히 · 22

오래된 풍경 · 23

2007년 9월 5일 · 24

예산 장날 · 25

하늘 두드러기 · 26

2부 환승역에서

환승역에서 · 30

일기를 읽으며 · 32

어느 출근길 · 34

안국역 · 36

경마공원역 · 38

내 사랑은 · 39

그가 떠나던 날 · 40

시집 출판기념회 역사 · 42

댈러스 심우도 · 44

가방 · 46

여행지에서 · 48

그의 환갑잔치 · 49

우리의 낙원상가 · 50

그 사내 · 51

신파, 그 꿈꾸는 바보 · 52

동작에서 이촌으로 · 54

3부 버튼, 우리의 오늘

버튼, 우리의 오늘 · 59

이 가을에 · 60

두고 온 이름 한 자 · 62

약정 · 64

시 잡지를 펼치며 · 66

종각역 · 67

고속버스를 타고 가다가 · 68

과학사박물관에서 · 70

똥을 누고 나오는 '쎈'이라는 놈 · 71

아부지 · 72

봉안 · 73

노숙, 몽유의 · 74

9월 · 76

절개지 · 78

피데기 · 80

난민 · 81

4부 어느 하루

어느 하루 · 85

우리의 봄은 · 86

시집을 펼치며 · 87

머잖아 1 · 88

머잖아 2 · 89

얼치기 농사꾼 · 90

아랑곳없이 · 92

그 어디에고 답은 없다 · 93

삼천리눈깔사탕이 먹고 싶다 · 94

속설 · 96

욕망과 꿈, 그 사이 · 98

우리의 음악 선생님 · 100

벚꽃 축제 · 102

오이지 · 104

치어걸 · 106

잠 못 드는 날의 풍경 · 108

나의 문학이야기

삶 속, 잠시 잠시 얼굴 내미는 나의 면구스러움 · 112
- 尹 錫 山

1부

넥타이

넥타이

정년퇴임을 하고 넥타이를 매는 날이 많이 줄었다.

어쩌다 넥타이를 매야 하는 날
거울 속 넥타이를 매만지는 나를 보며

잠시 생각에 빠진다.

내가 넥타이를 매는 것인지
넥타이에 매달려 지금까지 내가 끌려온 것인지

거울 속 알 수 없는 나, 비로소 만난다.

희망적

아기의 발뒤꿈치를 만져보면
말랑말랑, 참으로 보드랍다.

씨진핑이 보복무역을 하고
김정은이는 핵으로 위협하고
트럼프가 바쁘게 싱가포르로 달려가고
한반도에서는…

그러나 우주의 발뒤꿈치
아직도
말랑거릴 것이라는 희망, 우리는 버리지 않는다.

정년

정년은 마침표가 아니다.

한 번쯤 쉬었다가 숨 고르고

다시 가라는 쉼표.

누가 말했던가.

음악이 아름다운 건 쉼표가 있기 때문이라고

왜 시는 쓰냐?

머리 빡빡 밀고 논산훈련소엘 들어가니, 군대는 그저
줄을 잘 서야 한다고 말들을 한다. 그런데 어느 줄이 좋
은 줄인지, 어느 줄이 103보인지, 어느 줄이 101보인지 도
통 감도 잡을 수 없어, 다만 기웃, 기웃거리다 끝나고 만
고문관 군대 3년

아직도 어느 줄이 좋은 줄인 줄 몰라, 삐죽삐죽 줄을
찾는데, 누군가 뒤통수에 대고 냅다 소릴 지른다. "야! 줄
서기나 하려면 왜 시는 쓰냐?" 이제나 저제나 줄 서기
못하기는 매일반. 어디 줄이라도 대려고 기웃거리면 뒤
통수가 근질근질 그만 맥없이 물러나 버리곤 한다.

시

나이 일흔을 바라보며
가끔은 일어나는 욕망처럼
시란 놈, 가끔은 불뚝거린다.

이제 시란 나에게 이렇듯
주책없는 것인가.
젊은 사람들이 모여 떠드는 자리
슬그머니 피해
혼자 소주나 따르는

그러나 가끔은 일어나는
나의 씁쓸한 욕망,
대책 없이
오늘도 다만 기웃거리기만 하는
오랜, 아주 오래된 그 골목

친구 생각

오랫동안 소식이 끊긴 친구를 생각하다가
혹여나 우연이라도 전철 같은 데서 만날 수 있지나 않
을까
막연히 기대를 걸기도 하다가
아, 아 어쩌면 볼 수 없는 다른 세상으로 갔을지도 모
르지
머리를 주억거리기도 하다가
그래도 어딘가는 살아 있을 거야, 생각을 털어내기도
하다가
도심 저 멀리, 속절없이 떨어지는 저녁 해
그 핏빛 노을, 아직 뛰고 있는 심장 가만히 내려놓는
다.

빌어먹을 그 놈의 시
-신현정에게

이제 육신을 버렸으니

시는 더 이상 쓸 수 없어도

풍화되는 육신 마냥

시에의 생각 더욱 잘 펼쳐지겠지

불과 떠나기 반 달 전

몸도 제대로 가누지도 못하면서 비척비척

방으로 들어가서는, 가지고 나온

문학잡질 펼치며

"이 시 좋지!"

그래! 빌어먹을 그 놈의 시

데스 벨리

막막함이 아름다움이 되다니

삶도 막막함에 이르러 진정 아름다워질 수 있을까

노안

문학잡지를 펼치니

앞부분에 게재된 몇몇 작품들만 눈에 들어온다.

뒤로 갈수록

읽어도,

읽어도 도무지 알 수 없는.

이제 노안이 진행이 돼도 너무 많이 된 모양이다.

어머니 생각

좋은 일이 생기면

가장 먼저 엄마 생각이 난다.

어머니가 계셨다면 얼마나 좋아하셨을까.

어느 날, 문득

날줄과 씨줄이 서로 어우러지며
이어나가는,
한산 모시 같던
아, 아 내 삶의 촘촘함이여.

그러나
이제 우리 모두
올 성긴 시간, 힘겹게 건너가고 있구나.

망연히

엿 좌판 덩그마니 놓고는
초로의 사내
지하철역, 분주하게 오가는 사람들 그 다리 사이에
앉아 있다.

엿 사시오 소리도 못 하고
망연히.

삶이란 이리 고단한 것인가.

오래된 풍경

지지난 아이엠에프 문 닫고 떠난,
주인 잃은 우편물만이 이리저리 바람에
나뒹구는 공장 앞마당.

목련 한 그루 아, 아 환하게 피어 있구나.

2007년 9월 5일

파바로티의 부음이 전해진 저녁

알프스 연봉 어디 소리 없이 무너져 내리는 만년설.

세상의 낮은 지붕 위

기우뚱 한 소절의 묵직한 음정.

그러나 가벼이 까치발 치켜든 채

은하수, 휘황한 음량의 그윽한 물살 헤쳐가고 있다.

예산 장날

이놈들은 다 어디에서 나온 놈들이냐
올망졸망
못난 놈도 잘난 놈도 없이
모두
바라만 봐도 그저 신통방통하기만 한 놈들

호박이며, 가지며, 고추며, 오이라는 놈들
새벽 예산 역전 장마당, 모두 똘망똘망 눈 바로 뜨고.

뚜! 뭉클 증기 뿜어내며, 서울행 첫차 씩씩이며
오늘의 시동을 거는데…

하늘 두드러기

세상 다 말아먹을 잡놈 몇이 허연 머리칼 쓸어 올리며
여유롭게 웃음 질질 흘리며

"이제 봄이야, 봄이로구먼. 으흠, 으흠"

저 먼 하늘 어딘가 두드러기 돋는 소리
섬뜩섬뜩 들려오는 봄날이었다.

2부

환승역에서

환승역에서

종로 3가, 지하철 1호선 3호선 5호선이
얽히고설킨 미로 같은 환승역을
지나다가
덧없이 그를 떠올렸다.
이 구간에서 저 구간으로
옮겨가기 위하여
모두, 모두들 바쁘게 걸어들 가고 있는
그 와중에
아직도 환승을 하지 못 하고 있을
그를 떠올렸다.

매사에 머뭇머뭇
아, 아 그렇게 세상의 구간으로 바꿔 타는데
늘 힘들어했던 그
주변머리라곤 약에 쓰려고 해도 없었던
그.
그래서 이승에서 저승으로 아직 환승도 못하고는

에도 불구하고 평소에는 일상성에 함몰되어 죽음에 대해 거의 생각하지 못한다. 《이방인》에서도 사정은 동일하다. 아직 젊고 건강한 뫼르소에게 죽음은 아득하고 먼 일이다. 어머니가 양로원에서 돌아가셨지만 뫼르소가 죽음의 부조리성을 깨달은 것이 아니다. 아랍인을 살해하고서도 마찬가지다. 하지만 이 작품의 마지막 부분에서 뫼르소는 자신의 죽음을 앞에 두고 죽음이 가진 부조리성을 자각하기에 이른다.

이 단계에서 하나의 중요한 질문이 제기된다. '죽음의 부조리성을 깨달은 뫼르소는 왜 항소를 하지 않았을까?'라는 질문이 그것이다. 항소를 했더라면 그는 감형을 받아 사형을 면할 수도 있었을 것이다. 하지만 그는 항소를 하지 않고 죽음을 선택했다. 이와 같은 그의 '자살적 죽음'을 어떻게 설명할 수 있는가? 산꼭대기로 밀어 올려도 다시 굴러 떨어지는 무거운 바위를 계속 밀어 올리는 반항 속에서 살아 있음의 환희를 확인하는 시지프와는 달리 뫼르소는 왜 삶의 기회를 스스로 포기하는가? 모든 수단을 강구해 살아남았어야 하지 않은가?

이런 질문들과 관련해 다음과 같은 두 가지 사실은 의미심장하다. 하나는 부조리를 각성하지 못하는 인간의 삶의 가치는 $0^\%$에 가깝고, 따라서 그가 이런 삶을 아무리 오래 산들 그의 삶의 가치는 0에 가깝다는 사실이다. 다른 하나

산꼭대기로 밀어 올리는 동안만큼은 살아 있는 것이다. 비록 바위를 밀어 올리는 일이 힘들기는 해도 그렇다. 카뮈의 문학을 이해하는 데 있어서 한 가지 유력한 방법은 '죽음'이라는 주제를 통해 입문하는 것이다. 그의 작품에는 수많은 죽음이 등장한다. 이런 죽음과 관련해 카뮈 자신이 젊었을 때 그 당시로는 불치의 병이었던 폐결핵을 앓았다는 사실, 곧 그가 죽음 가까이에 있었다는 사실에 유념할 필요가 있다. 이런 자신의 체험이 투사된 결과일까? 카뮈의 문학작품의 도처에 죽음이 놓여 있다.

그런데 카뮈에게서 죽음에 대한 언급은 역설적으로 '삶'에 대한 찬가에 다름 아니다. 죽음에 대한 언급의 빈도수가 많아지면 많아질수록 삶에 대한 열망은 비례해서 더 커지고 더 뜨거워진다. 카뮈가 시지프 신화에 주목한 이유를 상기하자. 《이방인》도 예외가 아니다. 이 작품은 세 종류의 죽음이 작품의 시작 부분, 중간 부분, 마지막 부분에 배치되어 있다. 어머니의 자연사, 뫼르소의 아랍인 살해, 뫼르소의 사형이 그것이다. 카뮈는 어떤 의도로 이런 배치를 택했을까? 이런 배치는 죽음의 부조리성을 강조하기 위함으로 보인다. 그러니까 이런 배치는 이 세계에 있는 살아 있는 모든 존재는 왜 반드시 죽어야 하는가에 대한 성찰의 계기를 마련하기 위함으로 보인다.

인간은 죽음을 의식하고 성찰할 수 있는 유일한 존재임

이의 재결합으로 제시된다. 반항은 인간이 이 세계를 다시 꽉 껴안음으로 이해된다. 이 세계와의 단절된 관계를 어떻게든 다시 회복하는 것이 관건이다. 바꿔 말해 이 세계와의 관계가 어떻든 간에 인간은 이 세계에서 최선을 다해 살아야만 한다.

바로 거기에《시지프 신화》의 주인공 시지프의 이야기가 자리한다. 이 단계에서 한 가지 질문이 제기된다. 대체 카뮈는 왜 시지프에 주목했을까? 답을 먼저 하자면, 카뮈의 눈에는 시지프가 '삶'을 상징하기 때문이다. 신화에 의하면 시지프는 지상에서 가장 현명하고 신중한 인간이다. 그는 죽어서 명계冥界에 갔다가 그곳을 벗어난 유일한 인간이다. 시지프는 죽기 전에 아내에게 자기가 죽거든 장례식을 치르지 말고 그냥 버려두라고 말한다. 그리고 시지프는 죽어서 명계를 주관하는 하데스에게 지상에서의 억울한 일을 하소연하면서 자기에게 장례식도 치러주지 않은 아내의 죄를 추궁하고 돌아오겠다고 말하고 명계를 빠져나오는 데 성공하고 다시 그곳으로 돌아가지 않는다. 이에 화가 난 하데스가 시지프를 붙잡아 산꼭대기까지 밀어 올리면 다시 굴러떨어지는 바위를 계속 산꼭대기까지 밀어 올려야 하는 벌을 내린다.

이 신화에서 주목해야 할 점은 바로 시지프가 죽음에서 벗어났다는 사실이다. 그러니까 시지프는 바위를 힘들게는 오히려 정신 질환에 가까울 것이다.

이런 이유로 카뮈는 《시지프 신화》에서 부조리를 느끼고 난 뒤에 그 극복의 필요성에 주목한다. 방법으로는 자살, 종교에의 귀의, 반항이 제시된다. 카뮈에 의하면 자살은 부조리 극복을 위한 진정한 방법이 못 된다. 부조리를 느끼기 위해서는 세계와 인간이라는 두 항項이 필요한데, 자살은 두 항 중 하나인 인간의 사라짐을 의미하기 때문이다. 종교도 부조리 극복을 위한 진정한 방법이 못 된다. 초월적 존재를 가정하는 종교를 통한 희망은 그저 희망에 머무를 뿐, 이런 희망으로 인해 세계가 변하는 경우는 없으며, 특히 내세에서의 지복을 강조하는 종교는 신앙 차원에 머물고 만다는 것이 카뮈의 주장이다.

카뮈는 부조리를 극복하는 진정한 방책으로 반항을 제시한다. 그는 데카르트의 코기토cogito를 패러디해서 "나는 반항한다. 그러므로 나는 존재한다Je me révolte, donc je suis."라고 주장한다. 물론 카뮈는 후일 "나는 반항한다. 그러므로 우리는 존재한다Je me révolte, donc nous sommes."고 주장하면서 '고독한solitaire' 인간에서 인간들 사이의 '연대적인solidaire'인 화해, 유대, 공존의 가능성을 제시한다.

그렇다면 카뮈가 이처럼 부조리의 진정한 극복책으로 제시하고 있는 '반항révolte'은 무엇인가? 카뮈에 의하면 반항은 단절되어 부조리를 태어나게 했던 이 세계와 인간 사

머뭇머뭇 다만 저승역 입구를 떠돌고 있을 듯한
그

세상에 두고 온 하 많은 것들로
아직도 이승이고 싶을,
세상의 사람들 모두 모두 바쁘게
이 구간에서 저 구간으로 옮겨가는
지하철 환승역
그의 쓸쓸한 주변머리가 떠올랐다.
오늘 정신없이 지나는 하루,
잠시 멈추고는
진정 그의 주변머리, 만나고 싶어졌다.

일기를 읽으며

다락방을 치우다
켜켜이 쌓인 먼지 속
오래된 일기장을 발견한다.

잠들지 못하던 밤도
가슴 조이던 사랑도,
피 끓던 미움도
모두, 모두 먼지 속 묻힌 채
잊혀 있었구나.

일기를 읽으며
젊은 나에게 반하여
아, 아 다시 젊은 내가 되어
웃고 우는
이제는 늙어버린 나.

켜켜이 쌓인 시간의 더께

그 너머

빛바랜 잉크의 흔적이나마

푸르게 남아 웃고 있는

나

서툰, 그러나 힘주어 쓴,

아직 풋풋하게 살아 있는

너

너와 나로, 오늘 먼 시간 속, 이렇게 만나고 있구나.

어느 출근길

아침 출근길 자동차 두 대가
정겹게 머릴 맞대고 있다.
주인들은 각기 전화기를 붙들고
어디론가 소릴, 소릴 지르고

머리를 맞댄 두 대의
자동차
두 눈만 껌뻑이며
주인들의 소리침, 아랑곳도 않은 채

(이렇게 머릴 맞대고 있으니
왠지 마음이 편안해.
네가 먼저 가야 하는데
나보고 먼저 가래
그래서 그만 이렇게 머리가 맞닿았지.
우린 그저 달리기만 해왔는데,
머리 맞대고 눈 맞춰본 지 우리 얼마만이지)

씽씽 모두 모두 바쁘게 달리기만 하는

아침 도심 한복판

정다운 소곤거림

보이잖게 조곤조곤 잦아지고 있다.

안국역

안국역에서는 할머니 할아버지들이 많이도 내리신다.
모두가 무엇이 바쁘신지
뛰듯이 에스컬레이터를 걸어 올라가서는
이내 우르르 노약자용 엘리베이터를 타신다.

이제 그만 타요.
밀기는 왜 밀어요?
누가 밀었다고 그래요.

지나온 생애 마냥
엘리베이터의 문은 천천히 닫히고
그러나 내심 모두 문이 빨리 닫히기를 기다리며
이내 지상으로 올라가기만을 기다린다.

뒤늦은 할아버지 한 분
엘리베이터 문밖, 지팡이 하나에 의지한 채
버려진다.

이내 엘리베이터가 움직이고

수면 위로 부상하듯 지상으로 떠오른 엘리베이터.

세상 향한 문이 열리면

하나둘 내딛는 노년의 발걸음들

문득 다가온 가을, 휘몰아온 일군의 바람 속

우수수 낙엽들, 지상 어딘가로 덧없이 흩어져간다.

* 안국역 일대에는 노인들을 위한 시설이 있어 서울의 많은 노인이
  모여든다.

경마공원역

일주일에 한두 번 말을 달리고픈

사람들 이곳으로 모여든다.

말을 달리며,

말들이 달리는 드넓은 뜰, 말과 함께

그저 달리고만 싶은

사람들 꾸역꾸역 이곳으로 모여든다.

오늘경마, 경마문화, 신마뉴스

가판대로는

온갖 경마의 꿈을 담은 종이 말들이

즐비하게 놓여 있고

일주일에 한두 번

히히힝, 대박 터뜨려버리고픈

사람들 이곳으로 몰려든다.

꾸역꾸역, 경마공원 지하철역

답답한 세상 향해, 그만 수만 마리 말 풀어,

달리고픈 사람들 아, 아 오늘도 미어터지는구나.

내 사랑은

내 사랑은 가을날 오후 한가로이

공원 벤치 언저리로 떨어지는 햇살 같은 거

바지 주머니 깊이 손 찌르고

그저 발끝으로 뚝뚝 차보는 마른 흙더미

그래서 다만 풀썩이는 흙먼지 같은 거

내 사랑은 공원 한구석 놓인 자판기

누르면 그저 스르르

흘러나오는 씁쓸한 커피 같은 거

다 마시곤 이내 꾸겨 버려져도

조금도 아프지 않은

종이컵 같은 거

그렇게 만나서 그렇게 바라보는,

문득 머리 위로 펼쳐진 푸른 하늘 자락 같은 거

내 사랑은, 내 사랑은

저 멀리 푸드득 가을 숲으로

날아가 버리는,

그리곤 이내 재잘재잘 하늘 끝 어딘가로 사라지는

이름 모르는 멧새 같은 거

그가 떠나던 날

그와 내가 친했는지는 잘 알 수가 없다
다만 같은 시간, 비슷한 일을 하며
이 지상에 있었다는, 그런 인연 때문에
우연한 자리에서 만나면
우리는 서로 손을 흔들고, 때로는 반갑게
때로는 무덤덤하게,
그러나 웃으며 안부를 하곤 했다.

우리가 같은 시간 함께 했던 이 지상을
그가 떠났다는 부음을 접한 저녁
그러나 나는 왠지 쉬 잠이 들것 같지가 않았다.
한 번도 그렇게 생각해 본 적도 없는데
그가 떠나고 없는 지상이 온밤 내 낯설게 나를 둘러싸
고 있었다.

지인들의 배웅을 받으며
그가 처음 왔던 그 자리로 다시 돌아가던 날

어떤 이야기로도 또 무엇으로도 대신하지 못하는

막막함이 이 지상 자욱이 안개비로

잦아지고 있었다.

한 치 앞도 볼 수 없는,

그러나 세상의 거리에는 아무 일도 없었다는 듯

사람들 다만 바쁘게 지나치고 있었다.

시집 출판기념회 역사

실은 그 시절 시인들에게는 시집 한 권 내는 것보다 더 소중한 일은 없었다. 하늘에서 별이라도 따온 듯이 시집을 출간하면, 가슴에 별보다 더 근사한 꽃 하나 소중하게 달고, 축사와 축사를 받으며, 그럴싸한 호텔 홀이라도 하나 빌려 한껏 있는 품 없는 품 다 잡았었다. 그래도 그게 그리 밉상으로 보이지는 않았다. 시인에게 시집을 낸다는 것, 정말로 귀하게 축하해주고 싶던 시절이었기 때문이다.

그러나 세월이 흘러 시인들도 많아지고, 여기저기 시집들도 마구 쏟아져 나오고, 시집을 냈다고 누구 하나 축하해 주는 사람도 없고 그래서, 그래서, 시집 낸 것은 표는 내야하니까 가까운 사람 몇이 모여 소줏집에서 소주나 마시다가, 그래도 흥이 조금 겨우면, 친구들이 돌아가며 시집의 시들을 읽어주고, 그렇게 축하 아닌 축하를 하는 풍경. 그래도 정겨워 보였다.

그러나, 그러나 세월이 많이 흐르고 흘러, 시집을 내고, 이 시집이 어떻게 하면 주목 한번 받아볼까. 어떻게 하면 멋들어진 상이라도 하나 받아볼까. 고심하다가, 옛날같이 꽃 달고 출판기념회를 호텔을 빌려 한번 해봐? 아니 소줏집에서 한다하는 사람들 초청해 놓고, 옹기종기 모여 술이나 마시며 읊조려봐? 그것도 그렇고. 그래서 생각한 것이 다름 아닌 시단에 어깨 꽤나 벌리고 다니는 사람들 모두 모두 모셔다 놓고는, 근사한 저녁 한 판 걸지게 벌리는. 아이쿠! 오늘 시집 참으로 호사 한번 삐까 뻔쩍하게 하는구나.

댈러스 심우도

텍사스 댈러스
파이어니어 공원 청동으로 만든 소들의 조형
떼를 이루고 있다.
대륙을 건너 이곳까지 몰고 온 소떼들
한 마리라도 놓칠세라
마음을 다해 이끌고 온 소떼,
이렇듯 이곳에 풀어놓았구나.

몇몇 놈들은 풀을 뜯는지 머리를 땅에 박고
몇몇 놈들은 되새김질을 하는지 우두커니 하늘바라
기를 하며 서 있고
몇몇 놈은 서로 마주보며 쿵쿵거리기도 하고
말을 탄 카우보이들
소들을 응시하며 감시의 눈초리 보내고 있다.

공원 한쪽에는 무리를 이탈하려는 소 잡으려고
카우보이 하나 마악 힘차게 밧줄 던지려 한다.

어디에고 이런 놈들은 있는 법

그리하여 한번쯤 벗어나 맘껏 달리고픈

그런 마음, 그 누구에게나 있는 법

텍사스 댈러스 파이어니어 공원

때로는 일상을 이탈하고 싶은

나의 마음 이렇듯 만나고 말았다.

저 청동 카우보이가 붙잡아 매려는 밧줄로부터

벗어나, 달리고 달리고픈 그 마음.

아, 아 우리 모두 잃어버린 소 찾아

먼 이곳 댈러스까지 허위허위 온 것 아니겠는가.

가방

오랜만에 고교 문예반 모임에 나갔다.
어언 고참이 되어 후배들과 어울리는데
머리가 희끗해진 어느 후배 왈,
선배님 아직도 가방을 들고 다니십니까.
초등학교에 입학하면서부터 줄곧 들고 다니던 가방
이제 나이 칠십이 되도록 들고 다니니
그런 소릴 들을 만도 하구나.
이 가방 안에는 흔히 내 삶의 방식이
나의 인생이 담겨 있다고.
그래서 흔히들
가방의 무게가 인생의 무게이고,
세상의 무게이고, 어쩌고 저쩌구 말들 하지만.
아니다, 아니다
내가 가방을 아직도 들고 다니는 것은
내려놓지 못하는 우매함 때문이다.
나이가 칠십이 되어도 결코 어느 것 하나도
내려놓지 못하는

어깨를 짓누르는 나의 우둔함의,

그 무게,

아직도 결코 벗어나지 못하고 있구나.

여행지에서

여행지에서 가방을 낚아채 도망가는 날치기를 따라
가다가
그만 넘어지고 말았다.
땅을 딛고 넘어진 채 도망을 하는 그 놈들을 바라보며
순간,
아이고! 그 놈 빠르기도 하구나
그러나 실은 그 놈이 빠른 것이 아니라
내가 이제 더 빠르게 뛰지 못 하는
그런 주제가 된 것 아니겠는가.

넘어진 자 땅을 짚고 일어난다 하였지만
이제는 땅을 짚고도 일어나기 힘든
마음만 앞서고, 몸은 따르지 않는
그래서 넘어지는 게, 그것이 나의 현실인 것을,
아직도 깨닫지 못 하고 덤벼들기만 하는 나의 실상이
땅을 딛고는 그저 망연했던
낯선 어느 여행지.
결코 낯설지 않은 나, 그렇게 만나고 말았다.

그의 환갑잔치

그는 어려서 어머니 젖이 부족하여

이웃 아주머니 젖을 먹고 자랐다고 한다.

이웃 아주머니의 젖은 그를 성장시켰고

그는 한세상 대과大過 없이 잘 지냈다.

이제 나이가 환갑, 서서히 노년에 들어가는

그, 어느 날

기억에도 없는, 말만 들은 그 젖어미가 문득 보고 싶

어졌다.

바쁘게 살아가다 보니 생각지도 못 하던 일

이제 나이가 환갑쯤 되고 보니 이렇듯 일어나는구나.

그래서 젖어미를 찾기로 하고

어린 시절을 수소문하여 찾아낸 젖어머니.

그는 선물을 준비하고 날을 잡아

젖어머니를 찾아갔다.

환갑의 중늙은이가 되어 어머니에게

처음 올리는 절.

그의 환갑잔치는 그 어느 잔치보다 화려한 잔치였다.

우리의 낙원상가

우리의 낙원상가에는

기타도, 트럼펫도, 드럼도, 전자오르간도

모두 모두 아직까지 번쩍이며 놓여있구나.

비록 지축, 지축 거리지만, 걸을 수 있는 것이 복이라는

노인, 오늘도 우리의 낙원에서

기타를 매만지며

회상에 젖는다.

우리의 낙원이 그곳에 있으므로

우리는 행복한 회상에 젖을 수가 있다고.

비록 몸은 한편으로 쏠리듯 가누기 어려워도

그래도 서 있을 수 있는 것이 다행이라는

그 노인

오늘도 우리의 낙원에서

단돈 삼천 원에 따뜻하게 말아주는

순대국밥, 그리고 소주 한 잔.

행복해하고 있다.

지금 내가 있는 이곳이 바로 낙원, 낙원이니까.

그 사내

그 사내가 들어섰다.

한 손에는 성경을, 또 한 손은 높이 치켜세우곤

눈은 전철의 천장을 향하고 있었다.

예수를 믿으시오!

그의 목소리는 확신에 가득 찼다.

천국이 우리를 부르니

소리는 더욱 확신에 차 떨리기까지 했다.

확신이 없는 시대에,

전철만이 맹렬한 기세로 시청역에서 종각역으로 돌입

하고 있었다.

이제 확실한 것은

전철이 이내 종각역에 도착한다는 그 사실뿐이야.

불확실한 미지를 향해 우리는 늘 발걸음을 옮겨가지만

확신의 부름을 향한 그 사내의 발걸음

오늘도 당당히 그 사내만의 시대를 건너가고 있다.

신파, 그 꿈꾸는 바보

그해 1월 김신조를 비롯한 무장공비들이 청와대 인근까지
쳐들어와, 우리들은 결국 군에서 제대도 못 하고
한겨울을 그저 내무반에서 보내야만 했다.
30개월도 더 지난 고참 병장들이 석탄난로 활활 타오르는 내무반에
둘러앉아 죽치고 담배나 피우며, 잡담이나 하며
언제 제대특명은 내려오는 거야, 하며 시간을 죽이던 시절.

구 병장, 머잖아 제대를 하면 배우가 되겠다는 꿈을 지닌 구 병장님
그날도 내무반 뒤편 후미진 응달에 들어
열심히 대사를 외우며, 표정을 짓고는 했다.
"나를 버리고 가면 어떻게 하니, 아 아 사랑하는 순아!"
애절한 사랑의 대사에 이제 갓 들어온 이등병들까지

돌아서서 몰래 웃곤 했다.

　지금은 그 구 병장, 그 신파조 대사에서 벗어났겠지.

　그러나 아직도 들려오는, 내 삶의 내무반

　그 후미진 뒤편에서 울려 퍼지는 그 신파의 목소리

　30년이 지나, 40년이 지나 50년이 다 되어도

　세상, 후미진 내무반 어디에서

　나는 오늘도 꿈꾸는 바보, 신파의 제대특명, 받지를

못하였구나.

동작에서 이촌으로

사당에서 동작, 전철은 잠시 지하의 껌껌함을 벗어나
햇살 가득 퍼지는 동작대교로 올라섰다.
환하게 퍼져오는 세상 속 설핏 잠이 든
그 아득한 시간
다리를 절룩이는 한울님
가만히 나의 손 위에 메모 한 장 놓고 떠났다.

애기 엄마는 간경화증과 합병증까지 겹쳐 시립병원
에 2년째 투병중입니다. 저는 세 아이 아빠이며 만성신
부전증에 생활하기가 너무 힘이 듭니다. 조금이나마 생
활에 보탬이 되고자 작은 것을 들고 여러분 앞에 고개
숙입니다. 부디 외면하지 마시고 조금만 도와주신다면
이 은혜 잊지 않고 열심히 살겠습니다. 승객 여러분 하
시는 일이 모두 잘되시길 빌겠습니다. (감사합니다)

햇살을 가르며 힘차게 동작대교를 건너
전철은 이촌역을 향해 달리고 있었다.

(감사하다)는 그 말, 아무러한 답도 못 한 채

　무지막지한 전철, 이제 막 다시 깜깜한 지하 갱도를

향해

　돌진하고 있었다.

3부

버튼, 우리의 오늘

버튼, 우리의 오늘

버튼을 누르면 우리의

오늘은

시작된다.

부팅되며 떠오르는 화면 속,

커서가 깜박이고

비로소 열리는 사고의 지평

갈기를 휘날리며 말들 시간 속 가로지른다.

화면 속 벗어나고 싶은

유목의 후예들

말이 말을 하며 말이 말로 달리는

화면의 평원의.

우리의

오늘

버튼을 누르며 그렇게 마감된다.

이 가을에

나의 방황은 이제 끝이 나리라
가을 빈 뜰에 홀로 선 수수깡
그 씨앗들 스스로의 무게를 이기지 못 하고
땅으로 떨어지듯.

푸른 기폭 펄럭이며
항구 향해 들어오는 범선들
수심 깊이 꿈 가라앉히듯
나 이제
은회색 어두운 코트 벗어
만찬이 차려진 방
불빛 아래 덩그마니 걸어 두리라.

그리하여 이제 안경을 고쳐 쓰고
멀리, 보다는 가까이, 가까이
더 가까이
오물이며 돌아다니는

다족多足의 문자들 응시하리라

어둠 속 간이역 궤도 위를 서서히 진입하는

검은 욕망의 화자

씩씩 숨 몰아쉬며

뭉클 토해내는 증기 연기 속

문득 몸채 드러내는 거대한 사내

그 드넓은 품, 품 안으로

가장 편안히 잦아지리라, 잦아지리라.

두고 온 이름 한 자

해방둥이 친구는 삼팔선이 그어지자

어머니 등에 업혀

남으로 내려왔다고 한다.

아직 이름도 채 짓지 않은 어린 아이는

부모님 등에 업혀 고향을 떠나 남으로 왔다고 한다.

이제 얼마 있지 않아

다시 고향으로 갈 것이니,

고향엘 돌아가면, 할아버지, 큰아버지와 상의해서

이름을 짓자고 하며

조상으로부터 받은 성씨와 항렬자 한 자만을

달랑 지니고

그렇게 내려왔다고 한다.

그러나 세월이 지나 해방둥이 친구는

학교에를 입학해야 했고,

그래서 성씨와 항렬자만 그냥 호적에 올린 채

학교에 갔다고 한다.

이것이 외자 이름이 된 사연이라고 하며

해방둥이인 그가 씩 웃었다.

나이 어언 70이 될 때까지 찾지 못한

나머지 이름의 그 한 자.

그렇게 이북 고향에 남겨두고

그는, 오늘도

서울을 고향 삼아 그냥저냥 늙어만 가고 있다.

약정

"약정된 100분의 시간을 모두 사용하셨습니다."
문자가 스마트 폰 위로 뜬다.
아직 한 달이 끝나려면 닷새나 남았는데
이제부터는 덤으로 돈을 내고 전화를 걸어야 하는구나.

모두에게는 약정된 시간이라는 것이 있다.
그러나 그 허여된 시간이 언제까지인지는
그 누구도 모른다.
다만 짐작이나 할 뿐.
어느 날 문득 메시지가 떠올라야 만이
비로소 알게 되는 그 약정의 시간

섬뜩해지는 가슴으로 읽어야 하는
약정의 시간
아, 아 언제고 우리 모두
그 약정된 메시지 받을 것 아니겠는가.
그리하여 덤이나마 얼마라도 더 살아보고자 버둥거리는,

약정의

시간의

그 끝자락.

살아온 날들, 다만 먼 너울로 출렁일 뿐이로구나.

시 잡지를 펼치며

한 달에 한 번씩 배달되는
시 잡지들을 보면

별의별 잡지들이 다 있다.

어디 세상 한번 뒤집어 보겠다는 야심만만한 잡지
힘만 잔뜩 들어가 얼굴 벌겋게 씩씩거리는 잡지
끼리끼리 한번 해보자며 낄낄거리는 잡지

그러나
어디에고
내가 낄 자리, 그리 녹록지가 않구나.

종각역

이른 아침부터

등짐을 진 사내들이 앉아 있다.

마치 먼 길을 떠나는 듯이.

그러나 실은

그들은 먼 길을 돌아

이곳까지 왔다.

이제 더 가야 할 길도 없다는 듯이

짊어진 등짐에 다만 몸을 기댄 채

망연히 앉아 있는 사람들.

종각은

오늘도 무거운

쇠북의 그 소리, 마음 편히

내려놓지 못한 채 징징대고 있구나.

고속버스를 타고 가다가

고속버스 안에서

TV를 시청한다.

말을 타고 달리던 사내 드넓은 평원과 함께 마모된다.

잠시 전파가 멈추고

문득 무너지듯 마모가 되는 달리던 사내와 말과 풍경

전파가 끊어지면

나 역시 마모가 되리니

그리하여 저 화면 마냥

모두가 마모되며 정지가 되리니

우리네 삶이란 바로 저 화면과 같은 것

달리는 고속버스 안

낯모를 승객들에 의하여 시청되는

TV 화면 같은 거.

앞으로, 앞으로만 곧게 뻗어나간 고속도로

그 길 위를 달려가는 버스 속.

우리네 인생 몇 번씩 지워졌다가는

이내 다시 재생이 되는

그런 시간, 그 중심을 헤치며

머나먼 천상에서 지상으로

문득

무지개 한 폭

덧없이 드리워지고 있다.

과학사박물관에서

과학사박물관에 오니

다이아몬드가 결코 인간의 소유가 아님을 알겠구나.

더더욱 부호만의 소유가 아님을 알겠구나.

지구의 보이지 않는 깊고 깊은 지층 어딘가에

숨겨진 채

인간의 어떤 탐욕으로도 정제될 수 없는

반짝임만으로, 살아 있는

과학사박물관에 와서

비로소 보석들이 보석이 아닌,

결코 그 누구의 소유도 아닌

다만 스스로 빛 발하는 그 자신임을 본다.

똥을 누고 나오는 '쎈'이라는 놈

마을 뒤 코스모스 밭으로 '쎈' 풀어놓는다.

꼬리를 덜렁이며 활짝 핀 코스모스 꽃 사이

헤치며 '쎈', 사라진다.

(냄새를 킁킁이며 똥 눌 자리를 찾아 코스모스 꽃 사

이를 이리저리 돌아다니겠지. 자리를 잡지 못 해 애쓰며

이곳도 킁, 저곳도 킁, 찾아다니겠지.)

이내 꼬리를 덜렁이며

코스모스 밭을 나오는 녀석

흐뭇한 표정으로 올려다보는 그놈의 머리 위

코스모스 꽃잎 몇 장 붙어 있다.

처서 지나 백로

그렇게

가을, 깊어 가고 있다.

아부지

큰 섬 하와이, 힐로라는 마을 외곽에는
사탕수수밭에서 한 생애를 보낸
사람들의 묘지가 있다.
19세기 격동의 조선을 떠나, 이역만리, 낯선 시간 속의
아픈 생애 묻혀 있다.

'아부지', 서툰 발음의,
슬픈 비석들 줄줄이 서 있는 한인 묘역

날 흐리고 비바람 몰아치는 오늘,
그러나 아직까지도 고국이 되지 못한
100년 전 사탕수수밭의 노동자로 살던 그 사람들
어느 슬픈 아들의 '아부지'
다시는 돌아갈 수 없는 아픔, 그렇게 잠들어 있다.

봉안

육신은 버리고 이제 혼백만 안고 돌아왔다.

차라리 한 줌 가루가 더 아름답구나.

새 옷 한 벌 호사하고 훨훨 하늘로 날아갔구나.

정말로 왔다가는 그냥 가는구나.

다만 술 몇 잔

거나하게 먹은 것뿐이 없는 세상, 그렇게 등지는구나.

조석으로 호사한 밥상 생전 처음 받는구나.

B1-4 이제는 다만 번호로 남은

살아생전 분양받지 못한

작고 아담한 아파트 한 채

분양받아

웃으며 쓸쓸히 들어앉아 있구나.

노숙, 몽유의

아직 다 비우지 못한 소주
그 나머지, 반병만큼의 생
잠든 그의 곁
위태롭게 서 있다.

세상이 모두 자신의 것인,
버려질 유산이 전 재산인
그.
아직 버리지 못한 세상 속 웅크린 채
잠들어 있다.

단 한 번도 허여되지 않은
하늘, 향해 입 벌리고
선
소주병 하나.

오늘 기상은 흐리고, 때로는

눈비 내릴 것이나

그러나 세상

오늘도 평화로울 것이다.

9월

모두가 혼쭐났을 거여

삼십 도를 웃도는 무더위 속

스스로를 견디며

더운 척도 싫은 척도 못 하고

모두 모두 자신의 내면 성숙시키던 시간

그래서 이제 가을의 문턱

한번쯤 숨 고르고 앉아

땀이라도 식히는 시간

무더위와 함께 숙성시켜온 속살

조금은 되짚어보는, 그러한 순간

하늘은 벌써 저만치 달아나 높아지고 있는데

햇살은 따끈따끈

더욱 알차게 과실의 표피 매만지고 있는데.

그 여름 모두 혼쭐났을 거여

그러나 무더위며

장마가

태풍이

가을, 그 싱그러운 문턱으로

오늘 우릴 보낸 것 아닌가.

절개지

도로를 내기 위하여 지난 한 해 내내
산을 허물고
자르고.
그래서 생긴 절개지

한겨울 지나고 나니,
온갖 잡풀들 다시 어우러져
꽃을 피우며
벌겋게 드러났던 흙의 살점들 덮고 있구나.

머리를 깎고, 수술복으로 갈아입고
마취를 하고, 한참을 죽었다가 깨어나니
사라진 그녀의 오른쪽 가슴.

차량들 저마다 저마다의 힘으로 씽하고 달려 나가는
그 사이, 사이
설핏, 기우는 저녁노을 속

에서 행복을 느낀다. 그러다가 갑자기 '왜'라는 의문이 들면서 이 세계와 인간 사이가 단절되었다는 느낌을 받는 순간이 있다. 보통의 경우 이 세계는 인간의 질문을 받고 답을 준다. 하지만 어느 순간 답이 주어지지 않는 때가 있다. 아니, 이 세계는 항상 답을 준다. 인간이 그 답을 듣지 못하는 것뿐이다. '부조리'에 해당하는 프랑스어 단어 'absurde'에는 '귀가 먹은', '들리지 않는' 등의 의미를 가진 'sourd'가 포함되어 있다. 어쨌든 이 세계로부터 답이 주어지지 않는 순간, 인간은 아연俄然함을 느낀다. 그리고 그 순간에 주위의 익숙했던 이 세계라는 무대장치가 무너져 내리는 것을 감지하게 되고, 이 세계의 낯섦을 확인한다. 카뮈에 의하면 이것이 부조리의 첫 징후이다.

하지만 두 가지 사실에 유의하자. 하나는 인간이 항상 부조리를 느끼는 것은 아니라는 사실이다. 다람쥐 쳇바퀴 돌듯 반복적이고, 기계적이며, 관성적인 삶을 살아가는 동안에 인간은 부조리를 느끼지 못한다. 부조리를 느끼기 위해서는 일상성에 매몰된 상태에서 벗어나서 명석한 정신을 유지해야 한다. 부조리는 그것을 느낀 인간의 삶이 질적으로 도약할 수 있는 계기가 될 수 있다. 다른 하나는 인간이 매 순간 부조리를 느낀다는 것은 정신 질환에 해당할 수도 있다는 사실이다. 그렇지 않은가? 매 순간이 세계와 단절되고 분리되어 있는 것 같은 감정의 연속이라면, 이런 상태

'roman à thèse', 곧 '주제소설' 또는 '경향소설'이라고 한다. 《이방인》의 경우에는 작품의 철학적 해석을 위해 1943년 출간된 《시지프 신화》를 주로 참고한다.

카뮈의 사상과 문학은 크게 세 시기로 구분된다. 첫 번째 시기는 '부조리의 시기'이다. 《이방인》, 《시지프 신화》, 《오해》, 《칼리굴라》 등이 이 시기에 속한다. 두 번째 시기는 '반항의 시기'이다. 이 시기에는 《정의의 사람들》, 《계엄령》, 《페스트》, 《반항하는 인간》 등이 속한다. 세 번째 시기는 '사랑의 시기'이다. 카뮈 사후에 유작으로 출간된 《최초의 인간》이 여기에 속한다. 이 시기는 카뮈의 죽음으로 인해 완전히 실현되지 못했다.

《이방인》은 부조리의 시기에 속하고, 이 작품은 카뮈의 《시지프 신화》에서 전개된 부조리 개념을 문학적으로 형상화하고 있는 주제소설 또는 경향소설로 볼 수 있다고 했다. 그렇다면 《시지프 신화》에서 전개되고 있는 '부조리'는 어떤 개념일까? 또 이 개념은 《이방인》에서 어떻게 문학적으로 형상화되어 있는가? 물음에 답하기 위해 여기서는 《이방인》에 나타난 세 종류의 죽음에 특히 주목해 볼 것이다.

먼저 부조리 개념을 보자. 카뮈는 《시지프 신화》에서 '부조리absurde'를 절연絕緣, 이혼의 감정으로 규정한다. 무신론자인 카뮈에게서 절대의 의미를 갖는 것은 '세계'와 '인간' 사이의 조화와 화해이다. 인간은 이 세계와의 이런 관계 속

국주의》에서 카뮈를 비판한 바 있다. 비판의 이유는, 카뮈 자신이 '피에 누아르'에 속하면서도, 즉 식민지 지배하에 있던 알제리에서 태어났음에도, 또 그렇기 때문에 식민 지배의 폐해를 가까이에서 지켜보았음에도, 알제리의 해방을 위해 그가 할 수 있고, 또 해야만 하는 노력을 충분히 하지 못했다는 것이다. 물론 카뮈가 알제리의 독립을 위해 열심히 노력한 것은 부인할 수 없다. 하지만 사이드는 카뮈에게 그가 했던 노력보다 더 가열찬 노력을 하지 못한 것을 비판하고 있다.

이와 관련해 2013년에 알제리 국적의 카멜 다우드가 소설 《뫼르소, 살인 사건》—원제목은 Meursault, contre-enquête로 '뫼르소, 재조사'라는 의미이다—을 출간한 것은 흥미롭다. 이 소설에서는 《이방인》에서 뫼르소에게 살해된 아랍인의 동생을 주인공으로 내세워 이 작품의 내용을 완전히 전복시키고 있다. 이런 종류의 소설 출간은 그 자체로 《이방인》에 대한 탈식민주의적 관점에서의 해석과 그 궤를 같이하는 것으로 보인다.

죽음의 부조리성과 반항

이제 《이방인》에 대한 철학적 해석에 주목해보자. 여기서 철학적 해석이라 함은 카뮈의 철학을 토대로 행해진 《이방인》에 대한 해석을 의미한다. 흔히 이런 류의 소설을

'얼룩', 그로 인해 발생하는 '틈', 즉 균열에 해당한다고 할 수 있을 것 같다. 그의 사고방식, 언어, 행동 등은 그 자체로 그가 몸담고 있는 사회에 대한 '그것만이 다가 아니다'라는 외침, 곧 이의 제기에 해당한다. 그는 그 사회의 권력, 법, 제도, 언어, 종교 등의 입장에서 보면 '오염된', '적합하지 않은', '길들여지지 않은', 다시 말해 '비정상적인' 존재로 규정될 수밖에 없다.

이런 의미에서 뫼르소는 그가 속한 사회에 이의를 제기하는, 그렇게 함으로써 그 사회가 조금씩 변하게 하는 불온성을 가진 인물, 곧 잉여의 존재, 얼룩, 틈, 균열이 발생하게 하는 존재, 그러니까 '이방인'이라고 할 수 있다. 이와 관련해《이방인》에서 아주 인상 깊은 장면 중 하나는 뫼르소의 재판에 참여했던 배심원들이 부채를 부치는 장면으로 보인다. 처음에는 그들이 부치는 부채의 방향은 제각각이었다. 하지만 시간이 지나면서 그들은 일제히 같은 방향으로 부채질을 한다. 이는 뫼르소를 단죄하는 재판정을 지배하고 있는 법, 거기에 있는 자들의 사고방식, 거기에서 사용되고 있는 언어 등 그들의 욕망을 통제 및 제어하는 상징계가 획일적이고 일사불란하게 가동되고 있다는 것을 상징적으로 보여준다고 하겠다.

넷째, 탈식민주의적 관점에서의 해석을 보자.《오리엔탈리즘》의 저자로 잘 알려진 에드워드 사이드는《문화와 제

그녀의 절개지, 붉게 물드는 브래지어

아프게 감춰지고 있다.

피데기

생물도 아닌 것이, 그렇다고 완전 건조도 아닌 것이

말리다 만 오징어

피데기

그 이름 왠지 서글프다.

(이것도 저것도 아닌 채, 다만 늙어만 가는 그런 삶 바라보는 것 같아, 그래서 서글픈 것만은 결코 아니다.)

난민

도심 한복판에 멧돼지가 출현을 했다.
그것도
어린 것 두 마리까지 데리고.

놀란 시민들 우왕좌왕 피해 다니고
출동한 기동경찰의 총격에
멧돼지 일가족은 피를 흘리며 도심 한가운데에
그만 사살되어 버렸다.

사람들에 의하여
삶의 터전을 잃어버린 난민 일가족
널브러진 채,
그 사람들에 의해 쓸쓸히 끌려가고 있었다.

4부

어느 하루

어느 하루

하루 종일 전화가 두 번 울렸다.
한번은 잘못 온 것이고
다른 한 번은 돈을 꾸어주겠다는 전화였다.

세상의 그 많은 전화번호 중에
어떻게 이 번호가 선택되어 잘못 돌려진 것일까.
무작위로 다이얼을 돌리면서 돈을 대출해주겠다는
전화라도 이렇게 이르니
살아 있는 것 그 자체가 바로 담보가 아닌가
잠시 착각을 했다.

먹통이 다 된 귀, 그래도 조금은 호사 아닌
호사를 한 오늘
살아 있기 때문에,
그래서 더욱 서글픈 날이었다.

우리의 봄은

역신疫神에게 아내를 빼앗기고
면구스럽게 돌아서는
처용 마냥
우리의 봄은 그렇게 왔다.

민낮의 서울 광화문 광장은 오늘도
낮익은 군중들로 붐비고

밀가루 반죽으로 버무려진 듯
이것도 저것도 아닌 널브러진 세상.
그러나 저마다의 소리로 저마다의
함성 터뜨리는 세상

그래 촛불도, 태극기도
모두 아랑곳하지 않고
봄날은 그렇게 우리의 곁 훌쩍 찾아왔다.

시집을 펼치며

원로시인의 시집을 받았다.
서문을 펼치니
들려오는 시인의 말씀

"앞으로 시가 몇 편 나올지 모르지만, 그러나 시집은
이번이 마지막일 것이다. 문단에 몸을 담근 지 회갑의
나이가 되었지만 널리 회자되는 시, 번번한 애송시 하나
없다. 허무하다는 말은 바로 이럴 때 쓰는 것이리라."

원로시인의 부음이 전해졌다.

다시 시집의 서문을 펼쳐보았다.
밤하늘 펼쳐진 은하수 그 수많은 별과 별들의
사이사이, 세상 향해
허리 꼿꼿이 세운 노인이 한 사람,
성큼 건너가고 있다.

머잖아 1

법원리 원로시인을 찾아뵌 것은

지난 늦여름이었다.

조금의 치매 끼와 함께 시인은 한가로이 늙어가고 있

었다.

그 사람이 누구지, 잘 모르겠는데

지금은 유명을 달리한 친구들 이름을 대도 잘 알 수

없다는 표정.

이제는 그 누구의 시집도 부쳐오지 않는

한적한 법원리 산골 마을

머잖아 나에게도 오던 시집들, 이렇게 서서히 끊어질

것이다.

세상은 참으로 무서울 정도로 매정한 것.

그 누구도, 그 누구의 시집도

당도하지 않는 법원리 노시인의 산촌집

맨드라미 핏빛 꽃만이 늦여름 햇살 속 속절없이 기울

고 있었다.

머잖아 2

법원리를 벗어나 광탄으로 가는 길로 접어들었다.

광탄까지는 새로 생기는 도로로 온통 공사 중이었다.

알 수 없는 길들이 새로 생기고

있었던 길이 사라지고.

그래서 넓고 곧은 길이 이내 만들어지겠지만

그래서 사람들은 머잖아 옛길을 잊어버리겠지만

치매 증상을 앓고 있는 노시인의 집은

이제 그 옛길에서 벗어나 점점 멀어지겠지만

그렇지 치매가 온 것은 어쩜 원로시인이 아닌지도 모른다.

치매가 온 것은 지금 우리들인지도 모른다.

조금의 이익이 없으면

이내 쉽게 잊어버리고 마는

온통 새로 뚫리는 도로 공사로

난맥을 이루고 있는 법원리에서 광탄으로 가는 길

머잖아 나의 내비게이션, 치매증으로 허덕이게 되리라.

얼치기 농사꾼

올해 농사는 다 망쳤다.

집 옆 텃밭에 고라니라는 놈이 나타나

고춧잎이며 오이순이며 호박순까지

모두 먹어치우는 바람에

오이, 호박은커녕 고추 맛도

제대로 보질 못하게 되었다.

우리들이 잠든 밤이면

몰래 내려와 풀섶을 헤치며, 어둠 속

겁먹은 눈을 이리저리 굴리며 고춧잎이며 오이순을

따먹었을 그 녀석, 생각을 하니

어쩐지 망가진 밭이 그렇게 아깝지만은 않았다.

그렇지.

그러니 내가 얼치기 농사꾼이지

밭이 망가져도, 그래서 고추가, 오이가, 호박을

하나도 수확을 할 수 없게 되어도

그리 마음이 아프지 않으니
얼치기, 그중에서도 상얼치기

캄캄한 밤하늘 한구석
작은 별 하나 맑은 눈 뙤록이며
우리들
얼치기 설치기, 그렇게 내려다보고 있구나.

ˊ아랑곳없이

사람들 툇마루에 둘러앉아 간식을 먹는다.

봉당 아래 앉아 머리를 치켜들고 바라다보는

누렁이, 전혀 아랑곳없이

자기들만 우적우적 먹는다.

곁에서 누렁이가 바라고 앉았어도

저들의 입으로만 잘도 들어가는 음식들.

누렁이 다만 두 눈만 껌뻑이며 바라다본다.

해가 설핏 서산마루에 걸려 있다.

아랑곳없이, 아랑곳없이

길고 긴 여름날 그저 그렇게 지나가고 있다.

그 어디에고 답은 없다

집을 잃은 어느 개 한 마리
자동차들만이 줄줄이 줄을 지어 달리는 서부간선도로,
좁디좁은 노견 따라 무작정 걸어가고 있다.

차들은 쌩쌩 아슬아슬 지나치고 있는데
혓바닥 길게 늘어뜨린 채, 사방 두리번거리며
조금도 끝나지 않을 듯한 자동차 전용도로 그 위를
언제 끝날지 모르는 두려움을 부여안고 걸어가는
길 잃은 개 한 마리.

막막한 시간, 그 누구나 때로는 그런 시간 견뎌야 하지만
지금 주어진 그 시간,
언제 끝날지 모르는 그 시간 위를
혀 길게 늘어드린 채, 그저 헉헉거리며
다만
앞으로 앞으로만 걸어가야 하는
그 시간, 실은 그 어디에고 답은 없었다.

삼천리눈깔사탕이 먹고 싶다

전쟁이 끝나고, 다시 돌아온 서울 거리에는
먹을거리가 넉넉지를 못 했다.
특히 아이들이 먹을 수 있는 것이란, 어쩌다 지나가던
미군들이 던져주는 껌이나, 초콜릿 정도

그런 시절
입에 물고 삼천리강산을 다 돌아다녀도
녹지 않는다는 딱딱한 눈깔사탕이 가게에 나왔다.
우리나라가 삼천리강산이니
삼천리는 우리의 어린 시절 가장 큰 것 아닌가.

엄마를 조르고 졸라 사 입에 넣은 삼천리눈깔사탕
그러나 삼천리는커녕 오리도 못 가서
우리들은 그 달콤함을 깨물고 싶은 유혹 떨치지 못 하고
그만 어금니에 힘을 주어
우두둑 우두둑 씹어 먹어버리곤 했다.

아직도 유혹의 편린으로

입 안에 남아 있는 눈깔사탕의 그 맛

오늘 우리 삼천리보다 더 넓고 큰 세상

일 년에도 몇 번씩 건너고 건널 수 있어도

세상의 맛있는 음식을 맘만 먹으면 먹을 수 있어도

오늘 그 삼천리눈깔사탕이 먹고 싶다.

달콤함의 그 유혹 어디 한번 견디어 보고 싶다.

그리하여 삼천리 방방곡곡

떠돌며 달콤함의 그 맛 조금씩, 아주 조금씩

오래오래 음미하며 맛보고 싶다.

속설

옛날 어르신들은 정월 초하룻날엔 아무 일도 못 하게
하셨다.
정월 초하룻날 일을 하면
일 년 내내 힘들게 일만을 해야 한다는
속설을 믿으셨기 때문이다.

오늘은 정월 초하루
마당의 밀린 일을 한다.
겨우내 쌓인 나뭇잎들도 긁어내고
지난가을 미처 손보지 못한
말라버린 풀 더미도 걷어내며
머잖아 찾아올 봄, 맞이할 나름의 준비를 한다.

해묵은 쑥부쟁이도 잘라내며,
이만한 일이라도 나에게 있음이 새삼 고마웠다.
이런 일이라도 할 수 있는 여력이 있음에 감사했다.
일 년 내내 할 수 있는 일을 나에게 주십사

하는 기원도 속으로 빌어보았다.

정월 초하룻날, 겨우내 버려두었던 마당
이곳저곳 정리를 하며
그 '속설', 오늘 나 역시 굳게 믿기로 했다.
일 년 내내 이만한 일이라도 할 수 있다는 믿음으로
정월 초하루 새삼 밝게 다가왔다.

욕망과 꿈, 그 사이

대천 칠흑의 바닷가
사람들 폭죽을 터뜨린다.

사람들의 환호 속, 별이 되고 싶은
폭죽
불똥을 내뿜으며 하늘로 치올라간다.

그러나
그들
별이 되고 싶은 욕망만 있지
별이 되는 꿈은 없구나.

꿈이 없는 욕망들
이내
검은 주검이 되어 떨어져 내릴 뿐.

이 밤 내내 별이 되고 싶은

욕망들

다만 하늘로, 하늘로 솟아오르고만 있구나.

우리의 음악 선생님

중학교 때 음악실은 4층 강당 한켠을
엉성한 판자로 막아 만든 쪽방 비슷한 곳이었다.
음악이라는 과목은 영어나 수학에 비하여
그렇게 중요한 과목이 아니었기 때문에 먼 꼭대기 다
락방 비슷한 곳에
음악실을 만든 것은 아닌가,
우리는 막연히 그렇게 짐작을 했다.

그 강당 한쪽에서는 이제 중년을 지내신 음악 선생님
그 선생님이 노래하는 소리가 언제고 들려왔다.
이어질 듯 하다가는 이내 그치고, 다시 고쳐 부르는 테
너의 목소리
우리들의 어린 마음은
왜 선생님이 저렇듯 혼자 노래를 부르는지 알지 못 했다.
특활을 마치고 돌아가는 늦은 토요일 오후 시간에도
노랫소리는 이어져 오래오래, 텅 빈 교정을 홀로 떠돌
곤 했다.

학교를 졸업하고

각기 저마다 세상의 뜨락으로 나아갔을 때에도

그 노랫소리 간간이 우리에게 들려왔다.

세파에 부딪고 부딪쳐, 그래서 더욱 어둠이 버거운 밤
이면

그 목소리, 더욱 절실히 다가오곤 했다.

우리의 음악 선생님, 중년이 훨씬 지났어도

마음의 쪽방, 쓸쓸히 버려진 듯 웅크려 있던

결코 버릴 수 없던

그 꿈.

지금도 때때로 우리의 지친 심신,

어느 결 다가와 흔들어주곤 했다.

벚꽃 축제

1

온통 벚꽃 만발하여 화사해진 거리

붉은 옷, 파란 옷, 노란 옷의

사람들

플래카드를 펼쳐 든 채 외쳐대고 있다.

이 꽃들 다 지기도 전에

이내 세상 온통 뒤바꿔 놓을 듯이

외쳐대는 입, 입, 입…

2

화들짝 피었다가는

이내 화르르

속절없이 떨어지고 마는

세상의 꽃들.

철 지난 선거 플래카드,

조금도 바뀌지 않은 세상 속

분분히 떨어지는 꽃잎, 꽃잎 그사이

처진 어깨로 걸쳐져 있다.

오이지

장맛비가 며칠 계속되던 어느 날
오이지를 담가 바깥 냉장고에 넣으려고 부엌문을 나
서다
그만 마누라가 빗물에 미끄러져 넘어지고 말았다.

어구구, 난간에 부딪는 충격에 꼼짝도 못 하면서
오이지 통을 놓지 못한 마누라

오이지는 내 어린 시절 한여름을 나는
참으로 요긴한 우리 집 반찬이었다.
소금에 담갔다가 익혀 썰어 먹는 오이지
오이지 말고는 별 반찬도 없던, 여름 우리 집의 밥상

나이가 들고, 그 어린 시절 먹던 오이지가 새록새록
더 생각이 나는 요즘
이런 나를 위해 마누라는 여름 내내 오이지를 담근다.
떨어질 만하면 담그고, 또 담그는 오이지

우리의, 오이지의, 여름은

넘어져도 끝끝내 놓지 못 하는

우리의

어찌지 못 하는 한여름의 버거운 뜨거움이 되고 있구
나.

치어걸

그들은 늘 하프 타임에 뛰어나온다.

그들이 걸친 아슬아슬한 옷과

팔랑이는 경쾌한 몸놀림

지금까지의 치열했던 경쟁 잠시 멈추어진다.

내 삶의 하프 타임

그래서 뛰어드는 치어걸들

내 삶 속에도 있을까,

그래서 지금까지 달려오던 모든 것들

잠시나마 멈추고 가쁜 숨 고를 수 있을까.

날 흐리고 지친 막막한 어느 하루

어딘가, 아슬아슬 눈빛 던지며

치어걸들 팔랑이며 뛰어들 수 있다면

그리하여 잠시 내 고단한 삶

한 반쯤 뚝 잘라내고

하프 타임 만들어낼 수만 있다면

아, 아 아슬아슬 우리의 삶속
뛰어드는 경쾌한 몸짓의 치어, 치어, 치어걸들
오늘 더없이 그리워진다.

잠 못 드는 날의 풍경

밤이 이슥토록 이야기를 하다가
각기 자신들의 집으로 발길을 돌렸다.
봄비가 어둑어둑 그쳐가고 있었다.

단톡방에는 여러 형태의 글들이 올라와 있었다.
그중에는 건강과 섭취와 배변에 관한 이야기도 올라
왔고,
이런저런 이야기로 배변 이야기는 몇몇
호사가의 대화꺼리가 되었다.

이야기가 막 중반을 넘어 후반으로 치닫고 있을 때
문득 한 사람이 단톡방을 빠져나갔다.
악취 풍기는 세상이 싫다는 표정으로
표연히 빠져나가는 그의 옷자락이 단톡방 한 부분에
살짝 비쳤다.
세상은 그래도 악취가 나야 조금은 살맛이 나는 게 아
닌가.

새벽이 되면서 빗줄기는 점점 굵어져가고

아직 다 하지 못한 말들이 불빛 아래 수북이 쌓여가고

있었다.

그래, 세상은 그렇게 잠이 들어도

누군가는 깨어나 이 밤을 지키나니

어디 멀리 적막의 시간 속

잠들지 못 하는 가등街燈 하나

덩그마니 불 밝힌 채, 어둠 제 홀로 사루고 있다.

삶 속, 잠시 잠시 얼굴 내미는
나의 면구스러움

– 尹錫山

삶 속, 잠시 잠시 얼굴 내미는
나의 면구스러움

尹 錫 山

전쟁과 유년 시절

한국 전쟁이 일어나던 때 나는 네 살이었다. 우리 집은 피난을 가지 못 하고 서울 약수동에서 살고 있었다. 그 당시 아버지는 청년단 같은 일에 참가하신 적이 있어서, 인민군에게 잡히면 변을 당할 것을 우려하여 다른 친척 집에 가 숨어 계셨다.

몇 달이 지나고, 이제 내일이면 9·28 수복이 되는 날이었다. 숨어서 라디오를 청취하신 아버지께서 국군이 서울로 반격해서 올라온다는 뉴스를 듣고 친척 집을 나와 집으로 오셨다. 그런데 누가 아버지가 집으로 들어오시는 것을 보고, 아직 철수하지 않고 남아 있던 내무서에 변고를 한 모양이었다.

밤이 깊어 한참 잠이 들려고 하는데, 누군가 아버지를 부르며 방문을 두드리는 소리가 어렴풋이 들려왔다. 그리곤 이내 방문이 열리고 몇 사람의 사내가 들어서서는 아버지를 대동하고 어둠 속으로 사라졌다. 아버지는 서울 수복 하루를 채 남겨놓지 않은 시간에 그렇게 내무서원들에게 체포되어 끌려간 것이다.

온 가족이 제대로 잠도 못 자고 걱정을 하는데, 날이 훤하게 밝아오자 그네터(우리가 살던 마을의 길 건너, 지금의 약수동 버티고개 근처 마을)에 살고 있는 아주머니가 찾아왔다. 찾아와서는 우리 아버지가 지금 자기네 집에 계시다는 것이다. 총을 맞아 피를 흘리는데 목숨에는 지장이 없는 듯하다고 전했다.

어머니와 큰형님이 부랴부랴 아주머니를 따라서 가보니 과연 그곳에 아버지가 누워 계셨다. 자초지종은 이렇다. 캄캄한 밤중에 끌려가신 곳은 남산 뒤쪽이었다고 한다. 그곳에서 나무와 바위에 묶어놓고, 무조건 총으로 쐈다고 한다. 아버지도 총에 맞아 쓰러지셨는데, 얼마간 시간이 지나고 나서 어렴풋이 정신이 돌아오는데, 멀리 가물가물 말소리와 사람들이 떠나가는 발소리가 들려왔다고 한다. 그래서 아무 소리도 내지 않고 그대로 죽은 듯이 누워 계시다가, 발소리와 말소리가 완전히 사라진 뒤에 뒤를 묶은 끈을 바위에 비벼 끊고는 피가 나는 옆구리를 옷을 벗어 막고 산에서 내려와 가까이에 있는 아는 분의 집으로 들어갔다고 한다. 온몸에는 땀이 비오는 듯했다고 한다.

구사일생으로 살아나신 것은 다행히 총알이 옆구리를 뚫고 나간 것 이외에는 아무러한 상처가 없었기 때문이었다. 더구나 총알이 옆구리를 관통하면서도 내장을 하나도 건드리지 않았기 때문에 살 수가 있으셨던 것이다.

총상을 입었지만, 살아나신 아버지와 우리 가족은 다시 그해 겨울 1·4 후퇴를 맞아 꽝꽝 얼어버린 한강의 얼음을 타고 건너 남쪽으로 피난을 갔다. 용인 근처에 이르러 아침을 맞아 인근의 집에 들어가 방을 하나 얻어 있었다. 그 당시는 피난민에게 알지 못해도 방을 내주고, 또 식량도 주는 일이 허다했다. 지금은 도저히 상상할 수 없는 일이었다.

큰형님이 양식을 구하려고 밖으로 나가 큰길가로 나갔더니 무언가 알 수 없는 말소리로 떠드는 군인들이 있었다고 한다. 다름 아닌 중공군들이었다고 한다. 이미 이곳 용인까지 쳐들어 내려온 것이었다. 자라 보고 놀란 가슴 솥뚜껑 보고 놀란다고, 아버지께서 내무서원들에게 끌려가 총살당한 경험이 있어서, 우리 가족은 그 밤으로 산을 넘어 충청도로 피난을 하기로 했다.

그런데 문제는 연세가 높은 외할머니와 나이가 어린 내가 문제였다. 충청도로 가는 험한 산고개를 넘을 수 없기 때문이다. 그래서 하는 수 없이 외할머니에게 다섯 살

나와 아홉 살 둘째형, 열두 살 누나를 맡겨 놓고, 아버지
와 어머니, 큰형님, 그리고 그때 세 살인 여동생을 업고
충청도로 피난을 갔다.

그러나 이 피난지에서 우리를 돌보시던 외할머니께
서 그만 돌아가시고 말았다. 그러니 열두 살, 아홉 살, 다
섯 살짜리 세 아이만 덩그마니 피난지에 남겨진 것이다.
우리 어린 세 남매는 굶기를 밥 먹듯 하며, 다시 국군이
북상을 하여 수복이 된 서울로 올라가는 피난민 대열을
쫓아 서울로, 서울로 올라갔다.

그러던 중 극적으로 다시 상경하며 우리를 찾는 아버
지 어머니를 비롯한 가족을 피난지에서 만나게 되었다.
이렇듯 부모를 다시 만나게 된 것은 부모님과 헤어진 지
한 달 보름이나 지난 뒤였다. 그러니 우리 어린 남매는
피난민 속에서 한 달여를 굶어가며 살아왔던 것이다. 당
시 나이가 다섯 살뿐이 되지 못한 나는 부모님을 만났을
때는 거의 죽어가며 흰자위의 눈으로 “밥, 밥, 고기, 고
기”하는 헛소리만을 했다고 한다.

비록 다섯 살이라는 아직 어린 나이이지만, 너무나 엄
청난 경험이었기에, 이직도 그때의 일들이 간헐적으로
생각이 난다. 이렇듯 나의 어린 시절은 6·25라는 전쟁,
부모와의 헤어짐, 그리고 극적인 조우 등, 파란만장함과
함께 시작이 되었다.

서울 투어

아버지는 고철들을 미 군부 내에서 불하를 받아 파는 일을 하셨다. 당시 우리나라는 공업이라곤 거의 없어서 미군들이 전쟁에 쓰고 남은 여러 종류의 고철들을 민간에 입찰해서 팔고, 이 고철들을 산 사람들이 다시 이것을 공장에 팔아 공장에서 다른 물품으로 제작을 하고 할 때이다.

이런 일을 하신 덕에 나의 어린 시절에는 크게 어렵지 않게 살 수가 있었다. 그러나 본래 사업 수완이 없으신 분이기 때문에 아버지는 시대의 변화에 대응하지 못 하시고 그래서 우리가 안암동으로 이사를 하던 때, 즉 내가 초등학교 6학년쯤 되서는 이내 어려워졌다.

어느 날 학교가 끝나 친구와 함께 그 친구네 집으로 놀러 가는데, 맞은편에서 아버지가 자전거에 짐을 잔뜩 싣고 힘들게 오시는 모습이 보였다. 아버지를 보고는 나는 이내 골목으로 숨었다. 첫째는 집으로 안 가고 어딜 가느냐고 야단맞을 것이 두려웠고, 둘째로는 어린 마음에 친구에게 그런 모습의 아버지를 보이고 싶지를 않아서였다. 집으로 돌아온 후 어머니에게 말을 하니, 왜 아버지 힘드신데 좀 밀어드리지 않았니? 하셨다. 그 말을 듣는 순간 내가 참으로 잘못했구나 하는 생각에, 그만 가슴이 뭉클해졌다.

아버지는 경기도 포천 분이시다, 어려서 부모를 여위었다. 그래서 우리 남매는 누구도 할머니 할아버지 면목을 뵙지 못했다. 이런 아버지는 어려서부터 많은 고생을 하셨고, 또 일찍이 서울로 올라와 서울살이를 하셨다. 명절이나 벌초 때가 되면 아버지는 고향인 포천에 우리를 꼭 데리고 가셨다. 그러나 우리는 포천이라는 촌구석에 그리 가고 싶지가 않았다. 어린 우리는 왜 아버지가 저 포천에를 자주 가시나, 잘 납득이 가질 않았다. 그러나 나이가 들고서야 어렴풋이나마 알게 되었다. 아버지께서 어린 시절을 보내신 고향이 그립고, 부모님이 묻혀 계신 곳이기 때문에 그렇게 가고 싶어 하신 것을. 우리가 고향이라고 살았던 서울은 실은 아버지께는 고향이 아니었다.

열서너 살 빈 주먹만으로 고향을 떠나 아버지는 서울 사람이 되셨다. 도시의 바람과 그늘 사이에서, 우리는 아버지의 객지인 서울을 고향으로 삼았다.

냉기 썰렁한 세상을 등 뒤에 두고, 담배나 한 대, 그렇게 산 서울은 아버지의 고향이 되지를 못했다.

베갯모로 스미는 물소리에 젖으며, 잠이 드는 아버

지의 꿈. 빌딩 사이로 헤쳐 나가는 지연紙鳶 마냥 그렇게
늘 우울했지만, 우리는 조금도 그것을 알려고 하지 않았
다.

생애의 빈 뜨락으로, 짧은 각도로 떨어져 쌓이는 햇
살, 저녁녘이면, 때때로 만나게 되는, 길이 잘 든 지팡이
에 와 부딪는 맨땅의 살결.

경기도 포천군 소흘면 무림리, 양지쪽 산모롱이, 흙들
이 하얗게 햇살 속에 그 정결한 살결을 드러내고 있다.

-「아버지」의 전문

그 이후 우리 집은 많은 어려움을 겪으며 살았다. 우리
는 모두 일곱 남매이기 때문에 아이들은 많고, 학비는 많
이 들어가고, 아버지는 벌이가 시원치 못하시고, 중학교
에 들어가서부터 나는 안암동에서 중학교가 있는 종로 2
가까지 걸어서 다녔다. 아침이면 차비가 없어 그냥 집을
나와 걸어서 학교로 가곤 했다.
처음으로 걸어보는 서울 시내의 길을 이 코스, 저 코스
로 길을 변경해 가며, 나는 비록 차비는 없어 걸어서 가는
것이지만, 서울 시내의 풍경을 보며 많은 상상을 하는 시
간을 오히려 즐길 수가 있었다. 일찍 학교가 끝나는 토요

일면 고픈 배를 안고 남산 꼭대기까지 올라갔다가는 남산의 능선을 따라 장충동 쪽으로 내려오기도 하고, 어쩌면 서울 투어를 즐기고 있었다고 할 수 있었다.

이러한 원하지 않게 시작된 서울 거리 투어는 나를 문학 소년으로 만드는 계기가 된 듯하다. 초여름 햇살을 받으며 줄줄이 서 있는 플라타너스 가로수의 길들, 길거리로 얼기설기 떨어져 있는 나뭇잎들의 그림자 등은 참으로 많은 상상을 하게 하는 것들이었다. 그 당시는 서울에 녹지가 많지 않았는데, 원남동에서 들어가는 서울대학교 병원에는 녹지가 꽤나 많이 있었다. 그래서 나는 일부러 원남동 정문으로 들어가 동숭동 후문으로 나가는 코스를 택해 나무들이 숲을 이루고 있는 대학병원의 작은 동산과 담쟁이로 덮혀 있는 대학병원 본관의 건물들을 바라보며, 상상의 나래를 펼치곤 했다.

버스표 두 장의 여행

고등학교를 옮겨 집이 가까운 곳으로 갔다. 중학교 때에 등록금을 못 내서 일 년 휴학하는 바람에 또래보다 일 년 늦게 고등학교에 입학을 한 것이다. 입학해서 문예반에 들어가 활동을 하고 싶은데, 선배가 되는 2학년 학생들이 나와 동갑이라는 생각에 문예반에 들어가기가 싫었다. 그래서 문예반에 들어가지 않고 1학년을 마쳤다. 그런데 2학년이 되어 같은 반에서 문예반 학생을 한 사람 만나게 되었다. 그래서 그 학생의 권유에 따라 문예반에 들어가게 되었다.

문예반은 또 다른 재미를 주는 곳이었다. 혼자 하던 글쓰기를 친구들과 이야기를 나눈다는 재미도 재미려니와, 문예반 친구를 따라 간 서울 시내 문예반 학생끼리의 문학 서클은 당시 나에게 새로운 세계가 아닐 수 없었다. 남녀 학생들이 모여 글을 써가지고 와서는 서로 품평하고, 노는 모양이 나는 좋았다.

이곳 서클에 오기 전에 지금은 유명을 달리한 신현정이를 만났다. 신현정은 신당동에 살았는데, 학교에 가지 않고 시만 쓰며 건달처럼 지내던 친구였다. 당시 학원이라는 잡지에 마련된 학생 문단에 시를 발표하므로 서로 알게 되었다. 현정이네 집에 가서는 서로 베개 하나를 놓고 서로 베겠다고 머리를 디밀며, 방바닥에 누워 뒹굴면서 시가 어떻고, 하며 당시 문학에의 목마름을 서로 이야기하곤 했다. 지금은 보고 싶어도 볼 수 없는 신현정.

서울 시내 고등학생들이 모이는 문학 서클인 향우라는 곳에서 당시 양정고등학교에 다니던 조정권을 만났다. 조금은 멋을 부리는 듯한 말투로 시를 이야기하는 조정권과도 이내 친해졌다. 시에 대한 열정 때문에 쉽게 가까워진 것이라고 생각된다. 조정권을 만난 이후 나의 소개로 조정권도 신현정을 만나게 되었고, 그래서 나 신현정, 조정권 그렇게 셋은 문학을 공부하는 친구들이 되었다.

그러나 실은 이러한 문학 친구들을 만난 것도 중요한 것이지만, 나에게 이 당시 더 중요했던 것은 나 혼자만의 시간을 보내는 것이었다. 내가 살던 동네에는 높지도 또 그렇게 낮지도 않은 산이 있었다. 돈암동에서 안암동, 종암동에 이르기까지 펼쳐져 있는 이 산을 사람들은 덤바위산이라고 불렀다. 지금의 고려대학교 병원 쪽에서 보문동 쪽을 향해, 이 산의 정상을 이루는 굉장히 큰 바위가 우뚝 서 있었다. 마치 우리가 교과서에서 배운 큰 바위 얼굴과 같은 크고 높은 바위가 산의 아래에서부터 솟아올라 산의 정상을 이루고 있었다. 이 바위를 덤바위라고 불렀다.

이 무렵 나는 학교가 끝나면, 종종 이 산엘 오르곤 했었다. 특히 학교가 일찍 끝난 토요일 오후에는 아무도 오지 않는 덤바위산을 많이 올랐던 것으로 기억한다. 구릉을 지나 미아리 쪽으로 향한 오솔길을 따라 걸으면, 잡목들로 둘러싸인 좀 넓은 초지가 나오고, 그 초지의 끝은 깎아지른 벼랑으로 되어 있는데, 그 벼랑 밑으로 성신여자고등학교 운동장이 내려다 보였다.

나는 그때쯤 '바다가 보이는 산길'이라든가, '강구江溝로 가는 마을' 등을 생각했던 것으로 기억된다. 그러나 그 초지에서 내려다 본 것은 바다도 또 강구江溝도 아닌, 학교의 텅 빈 운동장뿐이었다. 하오의 햇살만이 가득 떨어져 숨 쉬고 있는 운동장은 마치 한 떼의 물결이 지나간 백사장, 아니 무엇으로 표현하기 어려운 가장 공허하며, 어떠한 불가사의한 힘으로 가득 찬 듯한 그러한 곳이었다. 한마당 가득히 재잘거리던 학생들의, 그 목소리가, 그 움직임이 아직 저 햇살 속에 묻혀 반짝일 듯한 토요일 하오의 빈 운동장.

나는 그러함을 내려다보면서, 덧없는 그리움, 혹은 연연히 젖어오는 슬픔 같은 것을 느끼곤 했었다. 이는 아무러한 갈등도 또 무엇도 없이 일어나는 감성적 요소들이었다. 그렇다고 어떠한 조화된 세계로부터 얻게 되는, 그러한 안정된 정서도 아닌 듯싶었다. 외적 세계와 자아와의 갈등이나 조화를 지니지 못한, 막연히 일어나는 슬픔, 이러함이 당시 나를 시라는 문학으로 이끄는 힘이었지 않았나 생각이 된다.

이렇듯 나의 내부에서 일어나고 있는 막연한 그리움이나 슬픔은 고등학교 학생 시절 내내 나를 이곳저곳으로 떠돌게 하는 바탕이 되었다. 그래서 시간이 있으면 버스를 타고는 그 버스의 종점까지 가서는, 그 종점 인

근에 있는 야산이나 강둑 등을 아무런 이유 없이 걷다가
는 돌아오곤 했다. 강으로 향하는 길고 긴 가을의 시골
길, 절두산切頭山 낮은 구릉에서 내려다 본 한강의 저녁
노을, 나는 이렇듯 버스표 두 장뿐인 여행을 일요일, 또
는 휴일이면 하곤 했다.

이러한 고등학교 때의 나의 여행 아닌 여행은 어느 의
미에서 나의 내면에서 나도 모르게 차오르는 어떠한 요
구에 의한 것들이 아니었나 생각된다. 지금 생각하면 참
으로 걱정이 되는 학생이 분명하다. 하라는 공부는 하지
않고, 휴일이면 버스표 두 장만을 들고 이렇듯 싸돌아다
녔으니 말이다.

그러나 실은 이러한 떠돎이, 이 떠돎을 통해 하나하나
나의 안에 쌓여가던 무엇이 하나하나 시로 나오기도 하
였다. 어느 날 문득 마당 한 귀퉁이에 떨어져 있는 사각
의 흰 편지 봉투를 발견하고, 그 흰 편지 봉투가 오뉴월
꽃그늘에 묻혀 있다면 어떨까 하는 생각을 하게 되었다.
그리고 이내 중학교 다닐 때 걸어 다니던 원서동 인근의
플라타너스의 그늘, 아침 햇살에 어른거리며 떨어져 있
던 그 그늘을 생각할 수가 있었다. 마치 이것은 하나의
환상과 같이 오버랩이 되면서 나에게 다가왔다.

그러므로 이 현란한 꽃그늘과 그 속에 묻혀, 가장 정
결하며 완벽한 색채와 형태를 보이는 흰 편지 봉투를 언

어로 표현해 보고 싶은 욕구가 일어났다. 그러나 이에는
다만 물체적 아름다움만 있을 뿐, 우리를 보다 친근함으
로 이끄는 무엇이 없음을 이내 깨닫게 되었다. 이러던 중
나는 산골에서 부쳐온 조카의 예쁜 마음이 담긴 편지를
생각하고, 꽃그늘 속에 묻혀 있는 흰 편지 봉투의 형태적
아름다움과 산골 조카의 예쁜 사연을 함께 어울러 한 편
의 시를 썼다.

오뉴월 꽃그늘이 드리우는 마당으로 우체부는 산골
조카의 편지를 놓고 갔구나. 바람 한 점 흘리지 않고 꽃
씨를 떨구듯.

편지는 활짝 종이등을 밝히며 서로들 파란 가슴을 맞
대고 정겨운 사연을 속삭이고 있구나

찬연한 속삭임은 온 마당 가득한데, 꽃씨를 틔우듯
흰 깁을 뜨으면 샘재봉 골짜기에 산딸기 익어가듯 조카
는 예쁜 이야길 익혀 놨을까.

모두 흰 봉투에 숨결을 모도우며 꽃내음 흐르는 오뉴
월 마당으로 「석 산 이 아 저 씨 께」 아, 조카가 막 기어
다니는 글씨 속에서 예쁜 이를 드러내고 웃고 있구나.

―「편지」 전문

이 시는 어느 의미에서 나의 고등학교 시절을 마감하는 시인지도 모른다. 고등학교 3학년 대학입시를 앞두고 나는 이 시를 중앙일보 신춘문예 동시 부문에 투고했다. 뜻하지 않게 이 시가 신춘문예에 당선되고, 나는 고등학교 교복을 입고 시상식장에 참석했다. 심사위원은 이원수 선생님과 김요섭 선생님이었다. 당시 중앙일보가 창설된 지 얼마 되지 않았고 또 새로 신춘문예를 신설했던 때라, 다른 신문사보다도 많은 상금을 준 것으로 생각된다. 그러나 아직 학생이던 나는 상금을 한 푼도 만져보지 못했다. 아마도 가난했던 당시의 우리 집 사정으로 보아, 이 상금은 긴요하게 쓰였을 것으로 생각이 된다.

동학, 문학에의 외도

대학에 입학하여 박목월 선생님으로부터 문학 강의를 들었다. 1학년 시절 일주일에 한번 시를 써서 발표하고 평가를 듣는 시간이었다. 어느 날 선생님께서 나를 부르시더니, 너는 무조건 일 주일에 시 한 편씩을 써가지고 오라는 분부(?)를 내리셨다. 시를 완성하지 못한 날은 학교에 가지 않을 정도로 선생님과의 약속을 지키려고 나름대로 노력했다.

1학년을 마치고 영장을 받고 군에 입대하게 되었다.

목월 선생님께 군에 가게 되었다고 하니, 너무 아쉬워하
시며, 현대문학에 1회라도 걸쳐놓고 가야 할 것이 아니
냐고 말씀을 하셨다. 당시 문단에 등단하는 길은 현대문
학에 세 번에 걸쳐 추천받든지, 신춘문예를 하든지 하는
길뿐이 없었다. 동시는 등단했지만, 시로 또 등단해야
하기 때문에 그런 것이다.

아무러한 결과를 갖지 못하고 군에 입대했다. 입대한
첫해 연말에 군에서 보내주는 특박을 나왔다. 목월 선생
님을 찾아뵙고, 또 박남수 선생님을 찾아뵈었다. 박남수
선생님이 나를 만나자 대뜸 하시는 말씀이 이번 한국일
보 신춘문예에 본선 결선에서 나의 작품과 다른 사람의
작품 하나를 놓고 다른 심사위원과 격론을 벌였는데, 결
정을 못 하여, 두 작품 모두를 당선시키고자 신문사 측
에 건의를 했는데, 당시 한국일보 사장이 일본 출장 중
이라 결재를 얻지 못해, 두 사람의 작품 모두를 버리고,
떨어진 작품 중에서 다시 한 편을 골라 당선시켰다는 말
씀을 해 주셨다.

나중에 알게 된 일지만, 박남수 선생님과 함께 심사를
하신분은 서정주 선생님이고, 나의 작품과 경쟁했던 사
람이 임영조 시인이었다. 그러니 서정주 선생은 임영조
의 작품을 밀었고, 박남수 선생은 내 작품을 밀면서 두
분이 한 치의 양보도 없이 서로 논쟁한 것이었다. 임영

조 시인은 2년 뒤 중앙일보 신춘문예에 당선되어 등단했다. 좋은 작품을 많이 써 발표를 하던 중 불행하게 유명을 달리하였다.

이후 학교에 복학해서 큰 변화 없이 지냈는데, 4학년 때에 경향신문 신춘문예에 「바다 속의 램프」라는 작품이 당선이 되었다. 심사위원은 박목월 선생님과 김현승 선생님이셨다. 목월 선생님과 더 깊은 인연을 맺으려고, 군에 있을 때 신춘문예에 투고한 작품이 그렇게 아쉽게 떨어진 것이 아닌가 생각이 되기도 했다.

문단에 나온 이후 목월 선생님이 운영하시는 〈심상〉 잡지사에 자주 나갔다. 심상사에서 조정권, 이명수, 김용범, 한광구 등을 자주 만났다. 어느 날 김용범이 찾아와 삼인 시집을 만들자는 제안을 해왔다. 조정권과 나, 그리고 김용범, 이렇게 셋이 어울려 삼인 시집 〈분리된 의자〉를 간행했다. 표지 글씨는 김영태 선생이 써주고, 우리는 한겨울 추운지도 모르고, 비록 삼인 시집이지만, 우리의 첫 시집 간행을 위하여 종로에서 서대문으로, 인쇄소에서 제본소로 뛰어다니며 즐거워했다.

이후 목월 선생님의 권유도 있고 하여, 몇 사람이 모여서 동인을 결성하고 동인지를 만들기 시작했다. 이가 〈신감각〉이라는 동인지였다. 이후 나는 신감각 동인으로 몇 년간 활동을 했다.

　나의 등단 초기, 나는 어느 의미에서 어린 시절부터 사귀어온 오랜 문학의 친구들과, 그리고 대학 때 은사이었던 목월 선생님의 그늘에서 벗어나지 못 하고, 이에 자족하며 지냈던 것이다.

　대학을 졸업하고 고등학교 국어교사로 근무하며, 이내 나는 대학원에 진학했다. 대학에 다니던 시절 시를 쓰는 한편, 한문에 대한 열망이 나에게는 있었다. 그러던 어느 날, 신문에 민족문화추진위원회에서 국역연수생 모집을 한다는 기사를 읽게 되었다. 바로 이곳이 내가 내심 열망하던 사서오경 등 한문을 가르치는 곳이로구나, 생각하고 나는 이곳에 지원하였다. 시험은 성균관대학교에서 치렀고, 나는 어찌어찌 입학해서 하루에 4시간씩, 일주일에 5일, 당시 우리나라의 마지막 한학자라고 생각이 되는 어른들로부터 논어, 맹자, 시경 등 유학의 여러 경서經書들과 고문진보古文眞寶, 통감절요通鑑節要, 사기史記 등의 한적을 배웠다.

　한문 공부는 시 쓰는 재미와는 다른 또 무엇이 있었다. 어찌 보면 나는 시 쓰기의 외도를 즐기고 있었던 것 같다. 그래서 전공도 고전문학으로 바꾸고 말았다. 대학에서도 한문 강독이나 고전문학을 가르쳤다. 삼국사기 열전 중 온달을 강독하면서, 어렴풋이 바보 온달이라는 인물은 당시 임금인 평강왕까지 알고 있는, 어쩌면 지명

도가 높은 유명인사인지도 모르겠다는 생각을 했다.

　그럼 왜 온달은 유명인사일까? 바보이기 때문에? 아닐 거라는 생각을 했다. 바보이기보다는 고집스러울 만치 매우 정직한 사람이라는 생각이 들었다. 특히 삼국사기 편찬의 책임자는 김부식金富軾이라는 정통 유학자이다. 이 정통 유학자가 온달이라는 인물을 열전에 편입시켰다면, 그 만한 명분이 충분히 있었을 것으로 생각이 되었다. 다만 바보였기 때문이 아니라, 일컫는바 '우직愚直'이라는 말이 지닌 뜻과 같이 '우愚'와 '직直' 모두를 지닌 인물이며, 나아가 직直을 향한 우愚의 인물이라는 생각이 들었다. 이 어리석을 만치 정직한 덕목은 어느 의미에서 오늘을 사는 현대인에게 더없이 필요한 덕목이라는 생각이 들었다. 그래서 나는 '온달'을 시적 제재로 하여 열한 편의 연작시를 썼다.

　　공산空山 가득한 달빛이나 한 짐
　　짊어지고 돌아오는 밤
　　나는 가장 정직한 별빛과 만나곤 한다.
　　수억 광 년 아득한 천공에서 이마로, 또 이마에서
　　가슴으로, 가슴에서 더 깊은 심연의 바닥으로,
　　똑바로 떨어져 이내 빛나는 보석이 되는.

허기나 한 짐, 우둔이나 한 짐,

허기보다 더 견디기 어려운 손가락질이나 한 짐

이런 것들을 지고 와 허위허위 풀어놓는 밤.

수억 광 년, 어둠의 견고한 살집을 비집고 달려와

이내 세상의 허허로운 뜨락으로 곤두박이는

별빛의 정직한 낙하.

그리하여 더욱 밝게 소리치며 흩어지는,

저 보이잖는 얼굴들

나는 오늘도

세상의 온갖 사람들과 뒤섞여

뒤척이며,

가장 어리석은 잠을 청한다.

―「온달의 노래」 전문

온달 연작 이후, 나는 고전문학 작품에 나오는 인물인 서동이나 처용 등을 제재로 연작을 쓰기도 하였다. 이러한 연작들은 내가 고전문학을 가르치면서 얻게 된 시적인 소득이라고 할 수가 있다.

이후 나는 조선조 후기에 일어난 종교이며 사상인 '동학東學'을 만나, 시에의 길에서 또 한번의 외도를 하고 있다. 동학이 지닌 상대에 대한 존중과 배려, 이를 통한 조화와 균형의 삶을 이루려는 모습은 오늘이라는 경쟁과 경쟁 속에서 야기되는 갈등, 갈등과 함께 어려움을 겪고 있는 현대적인 삶 속에서 참으로 필요한 가르침이라는 생각을 한다.

실은 시보다도 동학에 더 매진하고 있음이 요즘의 모습이다. 어쩌면 동학에의 공부가 외도가 아닌지도 모른다는 생각을 때때로 한다.

이민자에서 만난 잃어버린 나

대학 교수 생활을 어느 정도하고 있을 때, 나는 우연히 교육부의 지원을 받아 미국 대학에 방문교수로 가는 기회를 얻었다. 미국 로스앤젤레스에 있는 남가주 대학 USC으로 가게 되었다.

1년여 미국에서 생활을 하면서 나는 그곳에 거주하는 한인 문인들과 더 많이 어울렸다. 많은 분과 친교를 가졌지만, 특히 래돈더 비치라는 마을에서 열대어 상을 하며 시를 쓰는 유장균 시인을 잊을 수가 없다. 늘 맥주를 마시며, 고향인 춘천을 그리워하면서 고향을 떠나 머나먼 이국에 사는 이민자. 시를 지독히 사랑하면서 늘 시를 버리고자 하는 시인. 우리는 만나면 술을 마시고 밤이 늦어서야 집으로 돌아가곤 했다.

이런 유장균 시인이 내가 한국으로 돌아간 지 몇 년

되지 않아, 그만 유명을 달리하고 말았다. 태평양 건너
를 생각하면 눈물이 나고, 그곳이 온통 텅 빈 듯했다.

그의 가슴에는 늘 커다란 자물통이 매달려 있었다.
술이라도 거나해지면 슬며시 열어 보이는 가슴, 그 끝
에도 아직 다 벼리지 못한 칼끝이 숨겨져 있었다.

알래스카를 지나, 태평양의 푸르름이 한 눈으로 들
어오는 낯선 마을, 래돈더 비치에 들어와 열대어 장사
를 하는 그는 늘 수족관 속의 바다와 물고기들을 불만
스러워했다.

물푸레나무, 플라타너스, 백양목,
아, 온몸으로 나부끼는 춘천 소양호 부근.
오늘도 끝내 범람하지 못 하는,
내심
푸른
수면

다만 강기슭 길게 기일게 이어져 가고만 있다.

―「곡哭 유장균柳長均」 전문

만나면 헤어져야 한다는 이 평범한 진리를 더없이 절감하는 일이었다. 이후 나는 하와이 대학에 가 있게 되었고, 내가 하와이에 와있다는 사실을 알고 LA의 문인들이 특강 초청을 했다. 본토로 간 나는 먼저 유장균 시인이 묻힌 공원묘지를 방문했다. 묘지에는 그의 시 「외출」이 새겨져 있었다. 잠시 외출을 했다가 이내 허허 웃으며 다시 돌아올 듯한 그가 그곳에 있었다.

하와이 대학에 머무는 동안, 어느 날 연구실로 한 사람이 찾아왔다. 김희숙 씨라고 시를 쓰는 분이었다. LA에 갔더니 내가 이곳 하와이 대학에 와있다는 말을 듣고 찾아왔노라고 하며, 하와이에서 문학 활동을 할 수 있게 도와달라는 것이었다. 실은 LA에 있을 때 너무나 많이 그곳의 문인들과 어울렸기 때문에 이곳 하와이에서는 나 혼자만의 시간을 많이 갖고자 마음먹었던 차였다. 그러나 이러함이 잘 지켜지지 않게 된 것이다.

첫 번째 하와이에서의 문학 모임은 알라모아나 호텔 홀을 하나 빌려 조촐하게 갖는 일종의 문학의 밤과 같은 행사였다. 하와이에는 교민들이 그렇게 많지가 않았다. 저녁이 오고 예정된 장소에 가니, 참으로 많은 분이 정장을 하고 부부동반으로 모여들고 있었다. 문학 행사가 진행되는 시간 내내 진지하고 조용하게 시를 듣고, 또 산문을 듣고, 음악을 듣고, 내 강연을 듣고 있었다.

이러한 모습의 문학 행사를 본 지가 실로 얼마 만인 가. 60년대 고등학교 시절 학교에서 행하는 문학의 밤에, 서울 시내의 남녀학생들이 학교 강당으로 오르는 가로등 불빛 아래로 삼삼오오 올라가던, 그 진지한 모습을 다시 보는 듯했다. 아, 이분들은 자신들이 다니던 50년대, 60년대, 그 문학의 밤을 오늘 만나기 위하여 이렇듯 정장을 하고, 또 부부동반으로 이렇듯 모여들었구나. 그래서 이민생활 속에서 잊어버렸던 지난날의 추억을 이곳에서 다시 만나고 있구나, 하는 생각이 들었다.

내가 미국 생활에서 만나 것들은 미국이라는 다른 문화가 아니라, 내가 오랫동안 잊어버렸던 나의 지난날의 모습들이었다. 유장균 시인을 통해서, 또는 하와이 알라모아나 호텔 어느 홀에서 열렸던 문학의 밤을 찾아온 그분들을 통해서. 그분들에게서 찾은 잊었던 나, 이러한 내가 진정 시를 사랑하고 쓰던 모습은 아니었던가 생각된다.

때로는 면구스러움으로

오늘도 나는 시를 쓴다. 그러나 시가 자꾸 생활의 저변으로 내려앉고 있다. 내 생활이 시가 되지를 못 하는데, 시는 생활의 주변을 주책없이 맴돈다. 이제 나이도 적지 않아, 공자께서 말씀하신 종심소욕 불유구從心所欲

不踰矩의 나이도 가까운데, 그래서 이제는 시와 내 삶이 하나가 되어도 괜찮은 나이련만, 그렇지를 못하다. 오히려 때로는 면구스러움이 된다. 요즘에는, 시가.

나이 일흔을 바라보며
가끔은 일어나는 욕망처럼
시란 놈, 가끔은 불뚝거린다.

이제 시란 나에게 이렇듯
주책없는 것인가.
젊은 사람들이 모여 떠드는 자리
슬그머니 피해
혼자 소주나 따르는

그러나 가끔은 일어나는
나의 쓸쓸한 욕망,
대책 없이
오늘도 다만 기웃거리기만 하는
오랜, 아주 오래된 그 골목

-「시」 전문

절개지

ⓒ윤석산, 2018
초판 1쇄 발행_ 2018년 11월 21일

지은이_ 윤석산
펴낸이_ 이도훈
교정_ 유수진 / 디자인_ 한가윤

펴낸곳_ 도서출판 도훈
출판등록_ 376-2017-000061
　　　　수원시 권선구 입북로 65, 라 -105

서정의서정 편집위원_ 권달웅, 나태주, 조창환
　　　　　　　　　유재영, 이준관, 윤석산
"서정의서정"은
도서출판 도훈에서 발행하는 서정시 시리즈입니다.

사무실_ 서울시 용산구 이태원로15길 14-4
전화_ 0507-1453-4621, 010-6722-4621
팩스_ 0504-227-4621
이메일_ hello@dohun.kr
홈페이지_ http://www.dohun.kr

ISBN_ 979-1189537-02-9 03800
정 가_ 10,000원

「이 도서의 국립중앙도서관 출판예정도서목록(CIP)은 서지정보유통지원
시스템 홈페이지(http://seoji.nl.go.kr)와 국가자료공동목록시스템(http://
www.nl.go.kr/kolisnet)에서 이용하실 수 있습니다. _CIP2018036148」

도서출판 도훈은 수익금의 일부를 학생들을 위한 장학금으로 지급하고 있습니다.